俳句 俺、猫だから

鎌倉や猫寺藪蚊さるすべり

木版画　高橋幸子

前田俳句の魅力

非人称存在の俳句の可能性

感じた事を表現しようとする時、そこには必然的に個我（自分）が存在する。「私」という主語を消す俳句においても、それは大きく変わりはしないだろう。

風景を詠んだ俳句では個我が強調されることは少ないが、風景を主語とすることで、それをどう捉えているかという個我が色濃く見えてくる。季語を主題とした場合も同様で、季語を通して個我の思考と行動が浮き彫りになることが多い。

非人称存在の俳句は、アニミズムという一見古典的発想を有しつつ、俳句に今までにない斬新な観点をもたらす。個我を完全に消し去った時、有季俳句の世界を離れ、対象であるモノになりきって物を考える句づくりが可能となる。

もちろん、これまでも非人称存在の俳句は多くの者により自然に作られてきただろう。しかし、前田吐実男先生のように理論構築をもって積極的に取り組んだ人は皆無だったのではないだろうか。非人称存在の俳句は「俳句はどうやって作るのか」という素朴な問いに対する一つの解となる可能性を持っていると確信している。
なお、本句集には鎌倉で活躍する視覚芸術家にその作品を提供頂いている。写真家・原田寛氏、木版画家・高橋幸子氏、型絵染画家・丸山晶子氏、水彩画家・矢野元晴氏の各氏は鎌倉にあってこの地を愛し、自らの感性を存分に発揮した作品を通して心ひかれる鎌倉の姿を発信し続けている方々である。鎌倉を独特の観念で詠み続ける前田俳句とのコラボレーションは不思議な調和を生み出し一つの鎌倉像の構築につながったのではないかと思う。四氏には深謝申し上げたい。

「夢」同人　朧　潤

冬日〜本成寺〜
［型絵染画　丸山晶子］

目次

鎌倉を詠む

鎌倉を舞台に俳句を詠む場合の作者の立ち位置を抜本的に変えたのが前田俳句である。写実や概念的な感情を封印し、人としての本質的な観念を絞り出し、さらには人とモノが一体となることで起きる不思議議の感覚を甦らせている。

実は、この創意こそ屈折した歴史を持つこの街には最も適した観察文学なのかも知れない。多くの住民が感じている素朴な矛盾を孕んだ古都の姿が浮かび上がってくる。

◆本章写真はすべて　原田　寛

七彩〜鎌倉駅〜

北鎌倉駅
明月院
1. 北鎌倉
建長寺
銭洗弁財天
宇賀福神社
JR横須賀線
4. 佐 助
荏柄天神社
鶴岡八幡宮
8. 八幡宮辺り
若宮大路
鎌倉駅
ぼたもち寺(常栄寺)
江ノ島電鉄
下馬
安養院
和田塚駅
由比ヶ浜駅
3. 大 町
安国論寺
まんだら堂
6. 材木座
光明寺

前田吐実男の吟行地図

鎌倉の夢

高徳院鎌倉大仏の夕景

鎌倉や猫寺藪蚊さるすべり

曼珠沙華咲いて鎌倉是空かな

女あふれだす駅あり啓蟄なり
食べながら歴女が歩く春の夕

荏柄天神社社殿

下馬交差点

前菜は鎌倉若布酢味噌和え
こんな処に浜昼顔が下馬踏切

御成通りの軒は燕の子育て中

御成商店街

東勝寺橋の新緑

初蝉や爺ィと鳴いてそれっきり

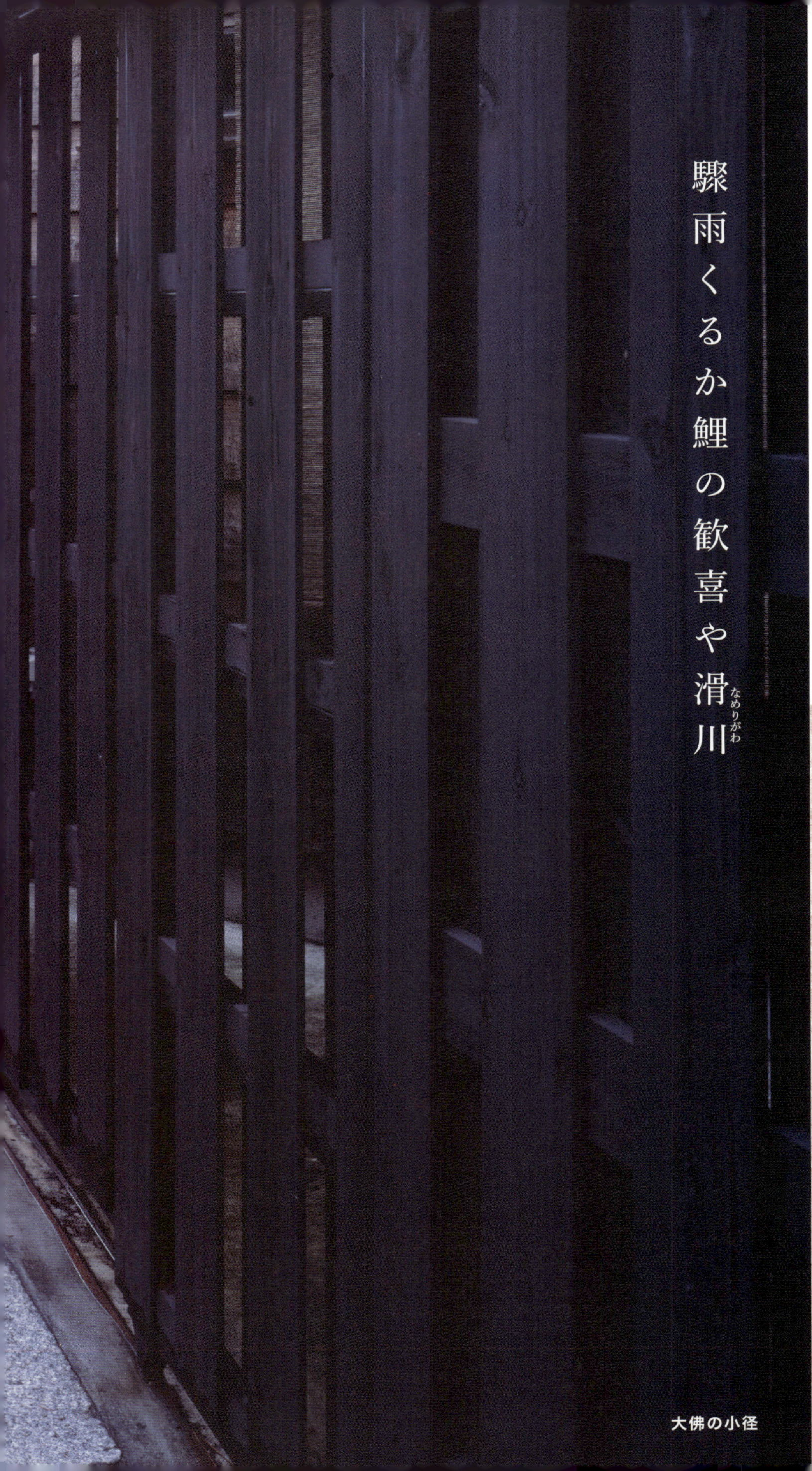

驟雨くるか鯉の歓喜や滑川《なめりがわ》

鎌倉はどこ曲っても金木犀

ときにはかげろうを乗せて俥屋

不動明王目に火がゆらぐ春の闇

鶴岡八幡宮残照

北鎌倉

建長寺紅葉と方丈

秋出水河童は俺の頭《あたま》におり

赤い椿がぼたぼた日のくれの閻魔堂
梅開くころ鳥天狗に逢いにゆく

建長寺半僧坊道の新緑

薄暮の建長寺

禅寺をわし掴みして鳶の笛

雨の建長寺参道と仏殿

明月院のアジサイ

上半身混みあっているあじさい寺

観音さまに逢いにゆかんと更衣

鎌倉や狸が減って爺が増え

向うからも覗く奴いる蓮の穴

上：長谷寺の山門

左：長谷寺放生池の新緑

新緑の高徳院鎌倉大仏

青葉木菟鳴かないときは人がなく
大仏さま汗もかかずに油照り

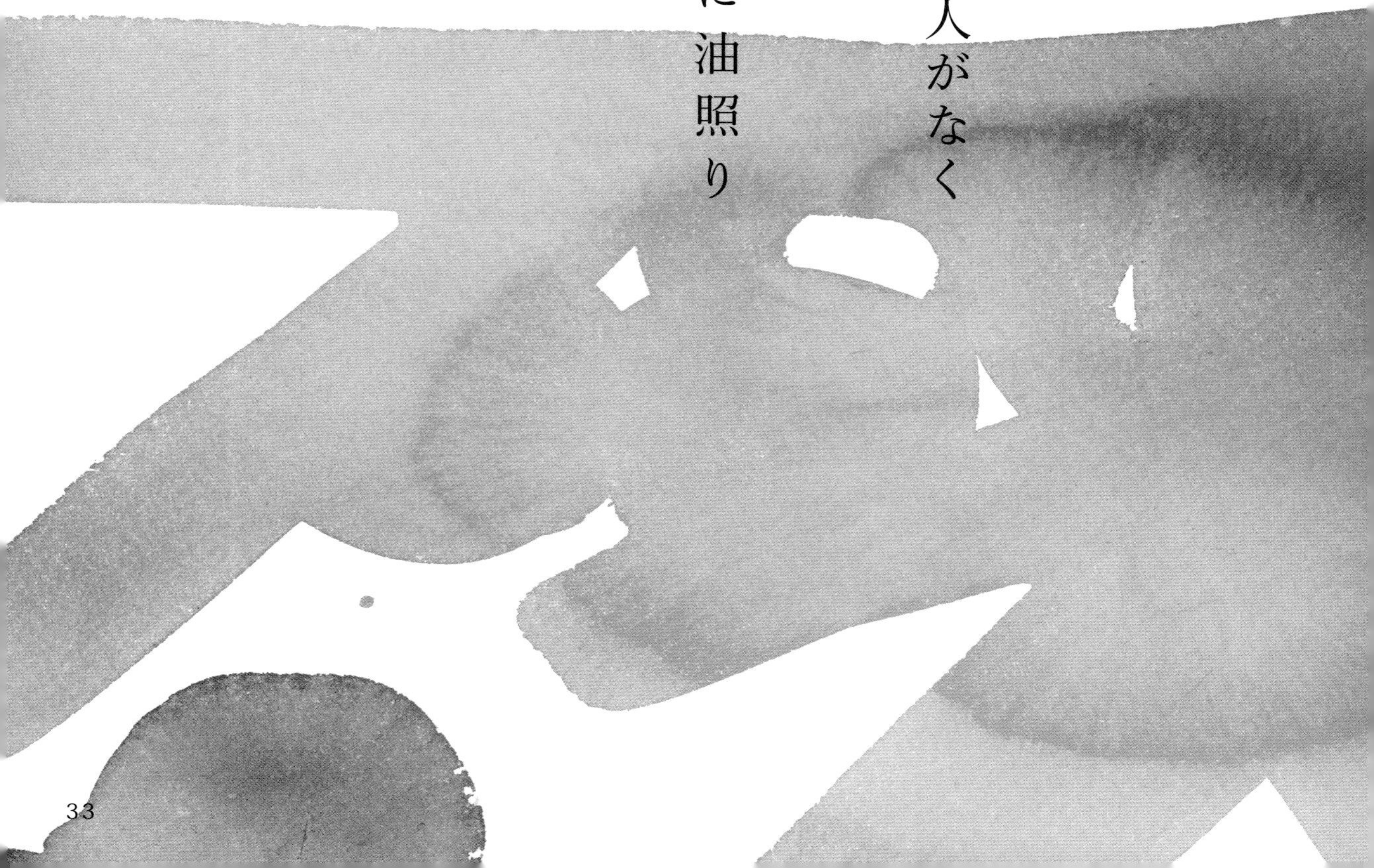

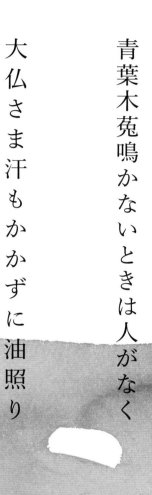

蟇と逢う日暮れぼたもち寺の前
うぐいすの片言まじりぼたもち寺
凩が連れ釈迦堂の切通し

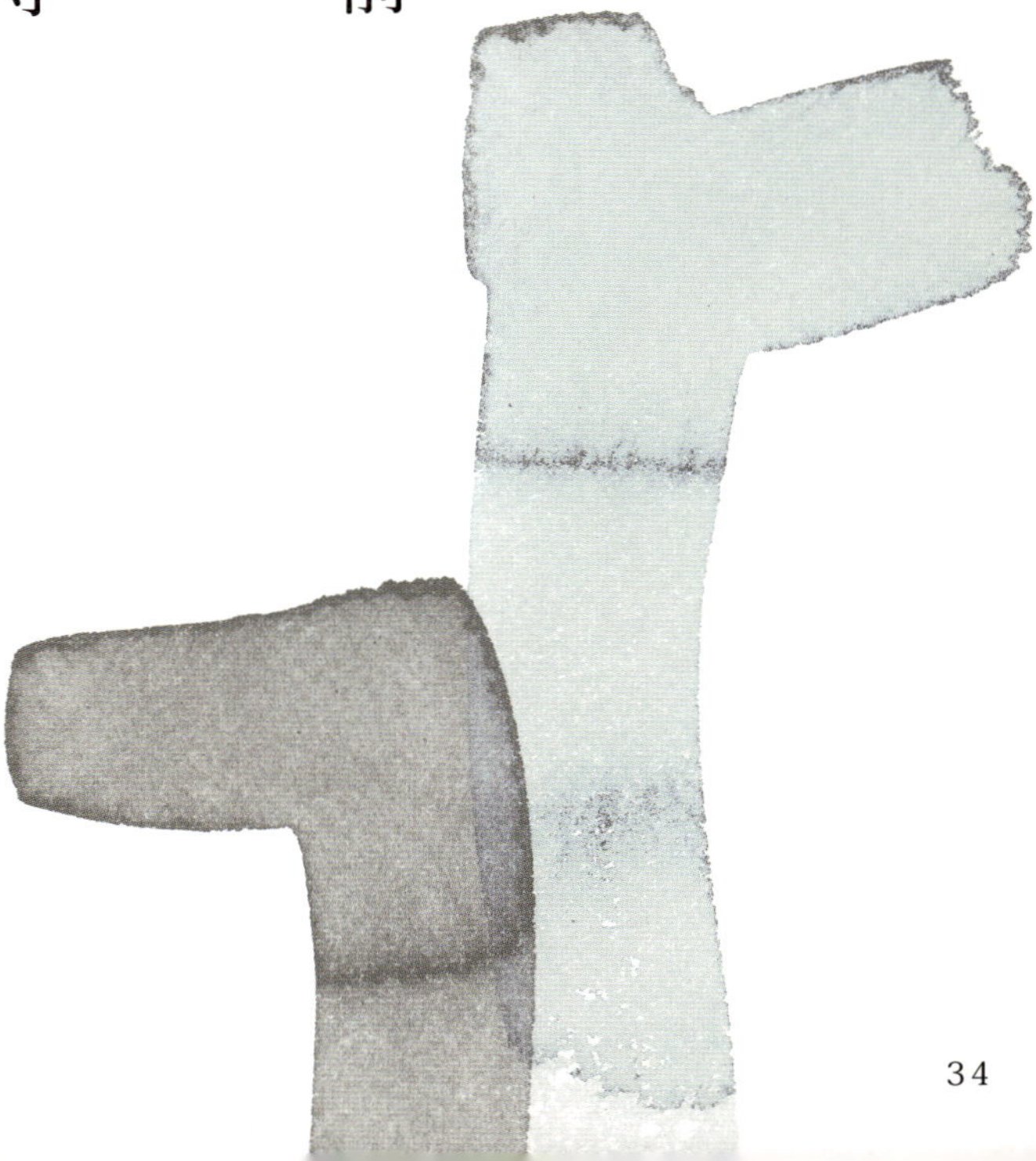

大町界隈

安国論寺本堂

梅開くため安国論寺鐘撞かれ

怪鴟いま確かに鳴いた安国寺

五位鷺の瞑想に入る春恐ろし

ほととぎす名越の藪へ子を捨てに
崖工事狸の穴を埋め潰す

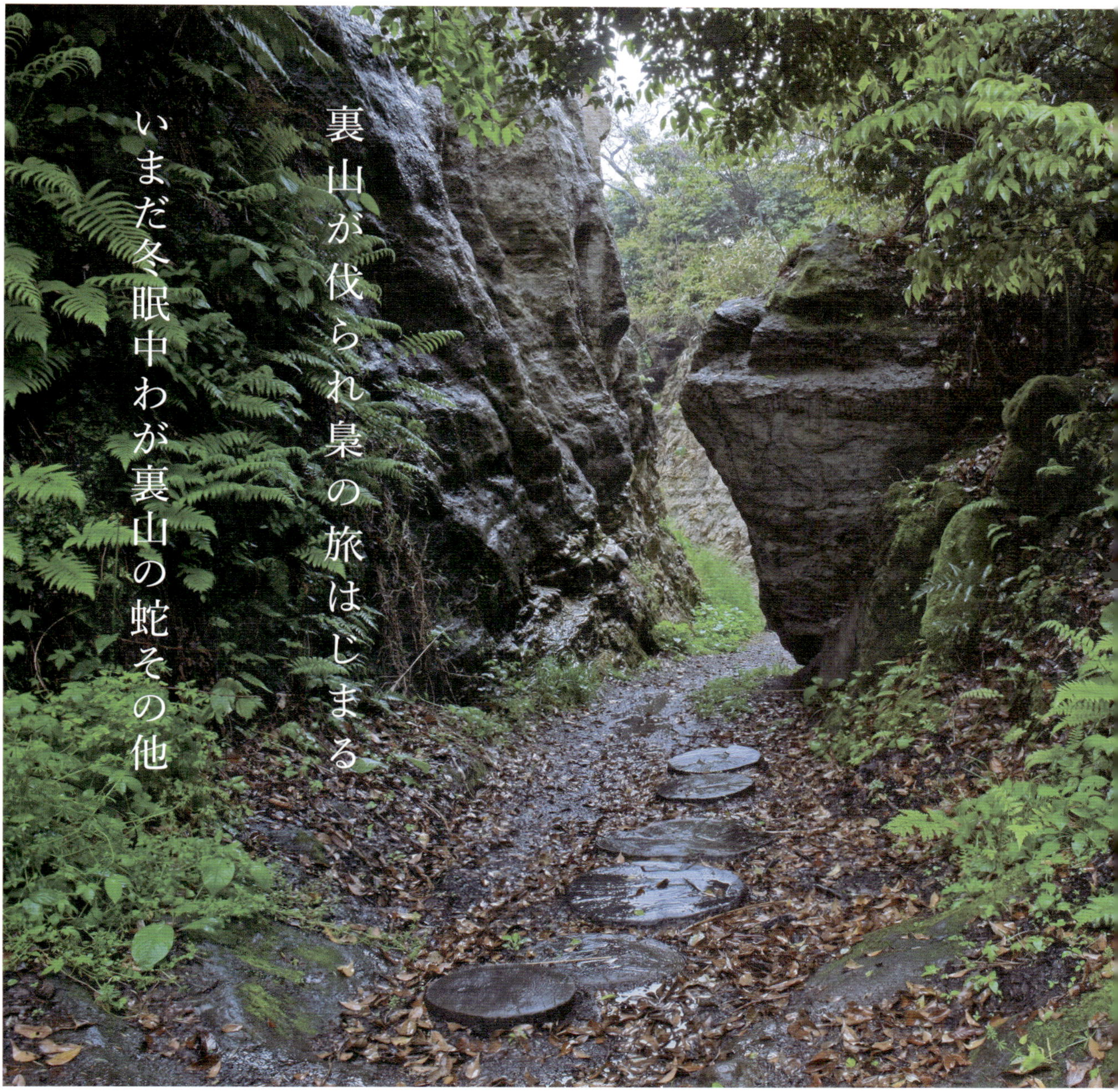

裏山が伐られ梟の旅はじまる
いまだ冬眠中わが裏山の蛇その他

名越切通大空峒

守宮の子乾らびておりぬそこから冬

郵便受けに青大将が眠っており

まんだら堂のやぐら群

まんだら堂の春の月なりいつも赤し

まんだら堂のショカツサイ

綿虫の漂うばかり政子の墓

政子の化身か安養院のつつじ炎《も》ゆ

安養院のツツジ

佐助

人並みに銭を洗って蚊に喰われ

上：銭洗弁財天宇賀福神社
下：銭洗弁財天宇賀福神社奥宮

稲村ヶ崎

七里ヶ浜の朝（稲村ヶ崎から撮影）

海月の自殺点点とあり浜の午後

くらげの骨を探して稲村ヶ崎まで

藻屑投じて稲村ヶ崎夕焼ける

光明寺まで千年蓮の音聞きに
光明寺残照

材木座

鰺を干す目玉をみんな海に向け

由比ヶ浜から光明寺遠望

七里ヶ浜のワカメ干し

頭骸のようにブイ置いてあり晩夏の浜

由比ヶ浜

はぐれ鵜かしょんぼり由比が浜あたり
夕焼け美しむかし斬殺ありし浜

材木座海岸の日没（由比ヶ浜）

八幡宮辺り

鶴岡八幡宮源平池のハス

鶴岡八幡宮なり藪蚊攻め

春ですねと弁天池の亀の首

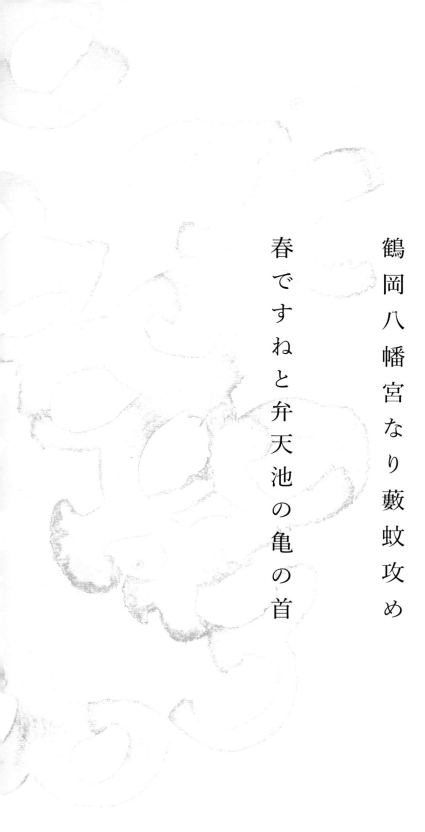

もう帰ろうよ花冷えの段葛
さくら散るちる噂話しはほどほどに

修復された段葛のサクラ

非人称存在の俳句『**禅寺**』

禅寺をわし掴みして鳶の笛

鳶なのでわし掴みはまさにお手の物なのだろうが、大伽藍の頂でしかと存在感を示す鳶がピーヒョロと一鳴きして飛び立つ景は、まさに鎌倉の典型的な絵である。

一方でそんな凛々しさを人に例えれば、そう在りたいと思う自分でもあり、まさにその寺の理想の住持の姿であるのかもしれない。

鑑賞者である自らを含め、軟弱な鎌倉人への痛烈な批判としても受け止めたい。

鎌倉に棲む仲間たち

秋惜しむ〜東勝寺橋〜

鎌倉に古くから生息する狸は、先生の居宅の裏山にも姿を見せる。梟や青葉木菟も独特な鳴き声で古都の夜を彩る。こうした環境も先生の非人称存在の俳句への傾斜に一役買っているのではないだろうか。

溜めに溜めたり狸の溜め糞山笑う

咲いた咲いたと鎌倉狸の花見かな

梟にうなぎ一串頼まれる

蛙の合唱を袋詰めにする

後ろ姿は狸だったよ後の月

丑三ッ刻狸の餌を煮ておりぬ

屋根の雪ずり落ち鎌倉狸閉じ込める
しまい湯はいつもふくろうといっしょ

非人称存在の俳句『クレヨンの山』

クレヨンの山どう歩いても狸は枯色

秋を迎え山々の木々は赤・オレンジ・黄に色づいて夏の風景とは見まがうばかりである。そんな華やかな山を餌を求めて歩き廻る狸は、決して色変わりすることのない茶色のままである。

狸のいささか滑稽味のある姿を通じて俺・君・あいつ、そして世間の人々それぞれの人生も自分の思うようにはいかないという達観を感じさせられる。

猫博士

春をはこぶ～極楽寺駅～

猫好きな先生は、様々な猫の生き様、暮らし様を日々精密に観察、研究しており、まさに俳句はその発表の舞台である。そして、しばしばそれは客観を超え自らが猫としての目をもって語るようになってしまう。いや、元々猫が先生の姿を借りているだけなのだろうか。

「魚やでございー」猫が来て主婦が来る
猫どもよ秋刀魚は丸ごと喰うものだ
ノラ猫が食べてしまいぬ鰯雲

体育の日だって俺は寝てるさ猫だもの

炬燵あらば寝てばかりいる猫と妻

仰向けに寝る癖ついて炬燵猫

靴下手袋大嫌い俺猫だから

極月や猫が素っ飛ぶ大嘘

猫どものたむろする町恵方とす

立春大吉いきなり喰らう猫パンチ

晩夏なれば女に猫の病かな

あじさいを潜れば猫町一丁目

猫抱いて寝ることとする大晦日

非人称存在の俳句『黒南風』

黒南風や買物籠が小走りに

強い南風で文字通り買物籠が持ち手の拘束から解放されて地面を滑るように飛んでいくというのが実景なのだろう。しかし、作者は買物籠を持った近所の奥さんが風にあおられながら時間に追われ急いでいる姿を見ていたのかも知れない。

むろん自らの手をすり抜けた買物籠が見る見る逃げ出していくのを作者本人があっけに取られて目が点になっている景ということも否定しない。

その瞬間

帰路夕映え～鎌倉高校前～

先生の俳句の特徴の一つは、日常の中で起きる一コマをユーモアあふれる言葉で切り取った手法にある。そこには観念を具体的な情景にしっかり置きかえる力強さがある。

彼岸花火傷覚悟で抱かんかな
吐

彼岸花火傷覚悟で抱かんかな

鬼灯
ほおずき

こんな夜は女抱けよとふくろう奴《め》
狐火を信じてみるかあの女

ガード下潜れば俺の夕焼けだ
砂に寝て鼻の穴まで夕焼ける

除夜の鐘う怨《おん》う怨《おん》と鳴りおるわい
百九番目を撞いてしまった一族なり

ピザパイは枯葉の匂い星は無臭

雪止みぬ音と云う音吸い尽くし

たましいも傘も忘れて冬の街

椿落つ落日よりもなお赤く

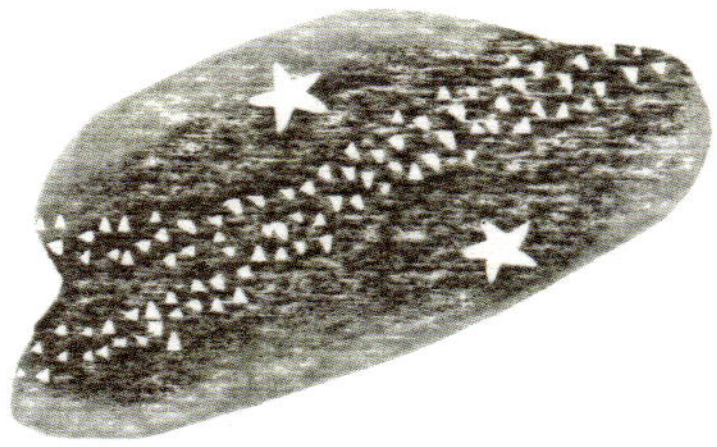

立春大吉知らない人に会釈され

満月だ桜存分に散るがいい

冷奴俺の命が透けており
可愛い娘《こ》夢で抱いたら夏ッ風邪

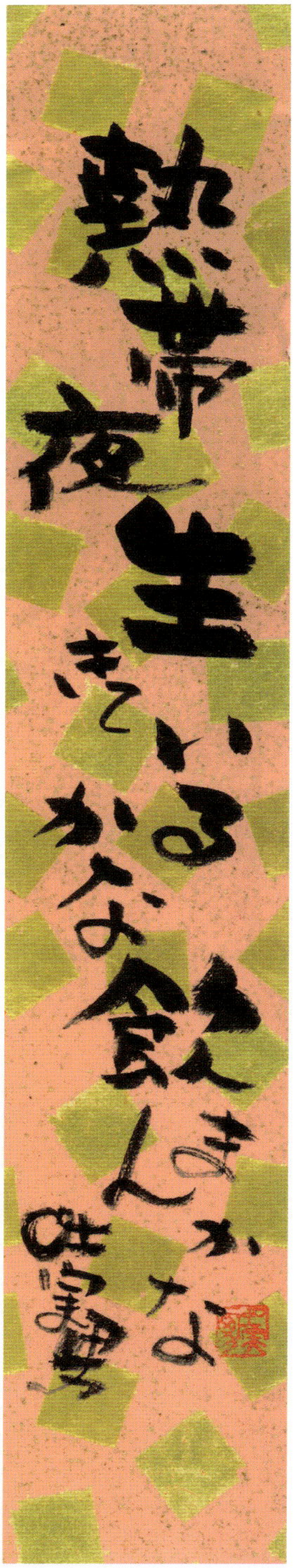

熱帯夜生きているかな飲まんかな

人間・吐実男

人とのコミュニケーションをこよなく愛する先生は、モノ・自然などアニミズムにも深い関心を示している。そしてそれらのモノ全てが先生の俳句の主題として活写されるのである。峯丸だろうと嘘だろうと容赦なく主役として登場させ生きていることを謳歌させていくのである。

静寂の八幡様

睾丸の軽きを浮べ御慶かな

人日や嘘つく人に逢いにゆく

節分や豆は撒かずに食べにけり

春寒やこのごろ捨てる神多し

銀行を出ていきなり嚏《くしゃみ》たてつづけ

家中にけもの道あり春炬燵

初鰹頭だんだん薄くなる

雨月なれば豆買いに行く僧のおり

父の日や一人火の酒呷っており

鬼灯市や今年も貧乏神がついて来る

亀虫をはがきに乗せてうろうろす

飛ぶ蝿を手で捕る速さまだありぬ

ほととぎすテッペン禿ゲタカ俺のこと
暑気払いとて胃薬を先ず飲みぬ
さわらないで下さいという桃買いにゆく
泰山木よ下世話に耳をかしなされ

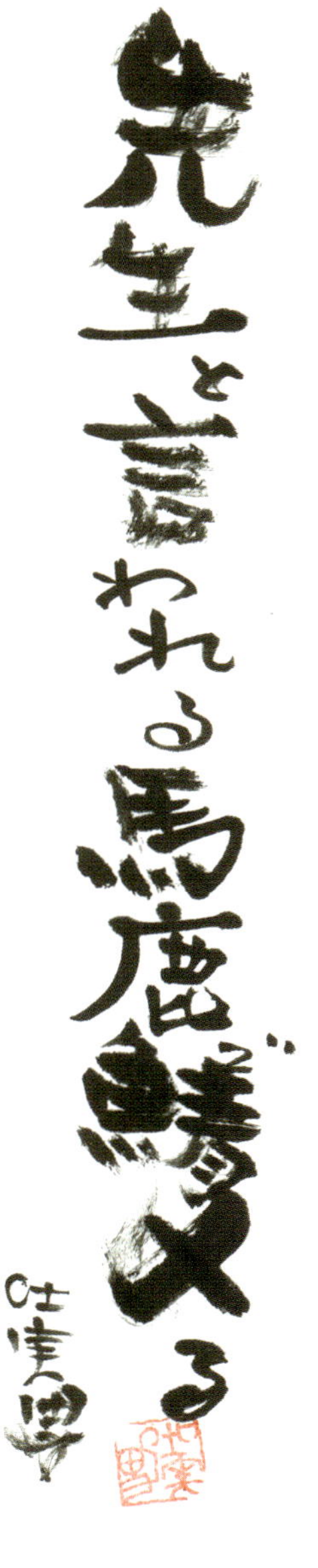

先生と言われる馬鹿で鯖〆る

衝動買いして冷蔵庫に笑われる

かなかなのかねかねと鳴く寺領

合せ鏡で禿をみており夏の果

死神を食べたか白いひがんばな

美人にはO《オー》脚多し曼殊沙華

銀杏臭しだけど食べたい匂いかな

汚れやすき短日の顔持ち歩く

買う顔をして歳晩の群れの一人

勿体ないお化けとり憑く年の暮

炬燵置かれ俺の居場所の定まれり

風呂吹や煮上がるまでの読経かな

ひっくり返す茶袱台もなし十二月

寝返りのたびに肩から寒気団

なめた鰈の煮凍り舐めて酒なめて

先生の水湊光る三次会

りんご貰って苺食べたくなる日かな

腸《もつ》焼けば古びた恋の臭いがする

赤い椿は愚僧が掃いてしまいけり

商売や海鼠のような奴と呑む

蒲団干すついでに死神も干す

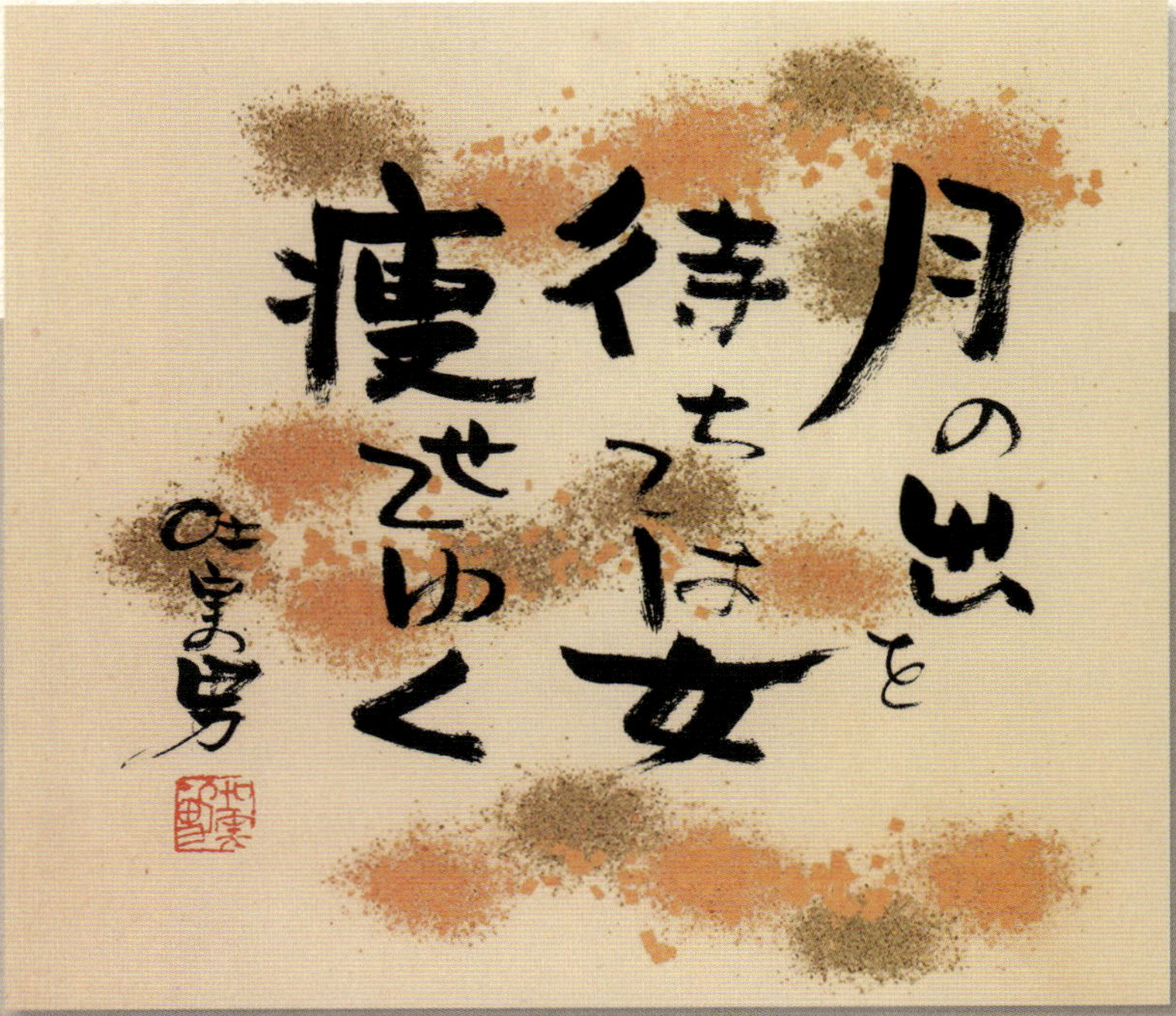

月の出を待ちては女痩せてゆく

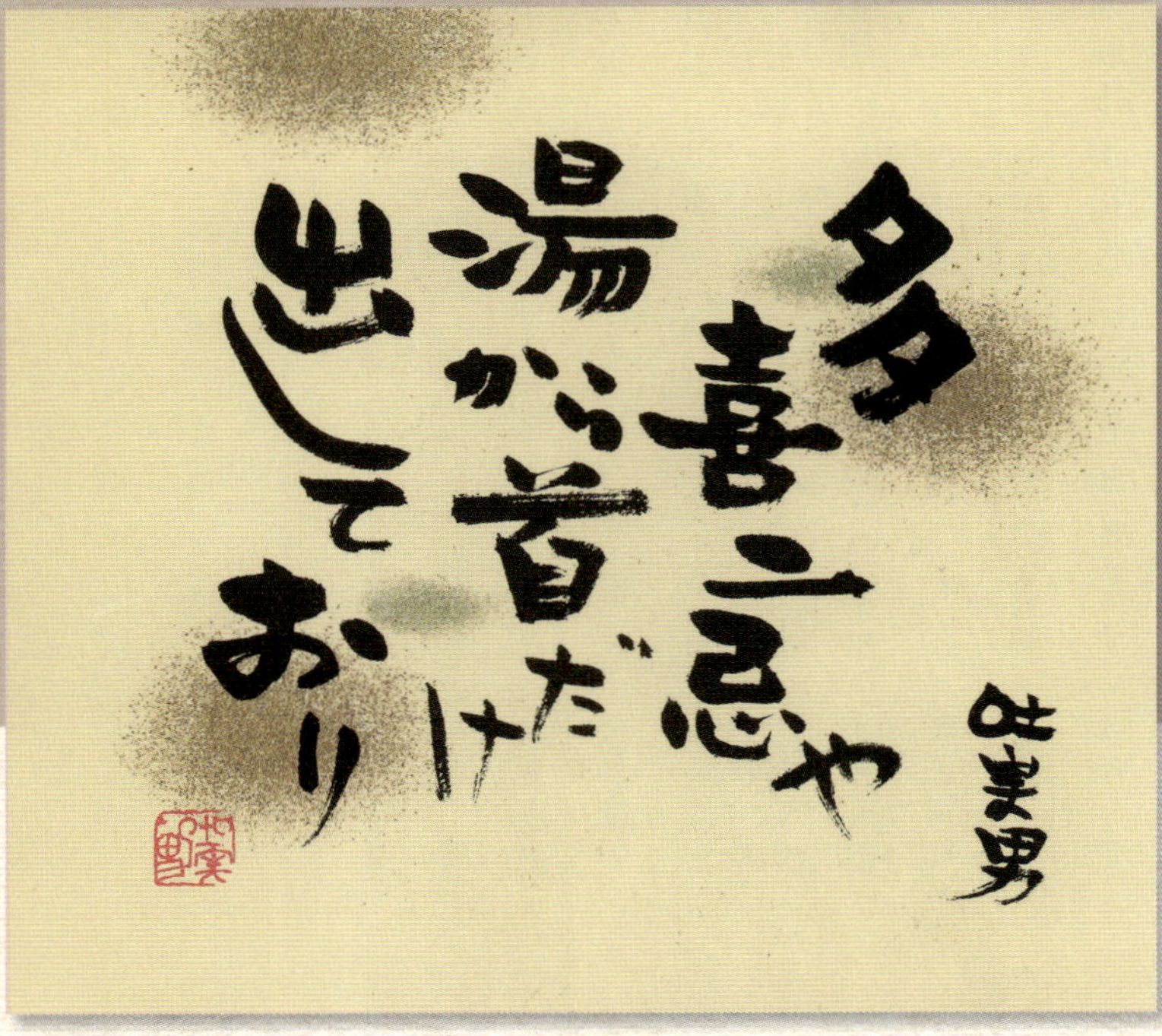

多喜二忌や湯から首だけ出しており

生と死

新緑の長谷寺

癌発症を契機に自らの闘病を赤裸々に告白する句が増えた。あえて駄洒落を取り混ぜての句づくりは、とかく暗く湿っぽくなるこの種の俳句の立ち位置を変え自ら新境地を切り開く気概がある。

やすらぎセンターの次は霊園晩夏なり

山茶花の散る道その内俺も散る

秋天の霹《へき》靂《れき》やっぱり俺は癌だった

癌でも何でも俳句にしちゃう俺廃人

暖房も俺も壊れて年詰まる

痰詰まる極月俺はお陀仏癌ダーラ

余命一年蠟梅に俺狼狽す

蛇穴を出て癌共闘へまっしぐら

非人称存在の俳句『蟇』

蟇ひぐれて寺を抜け出しぬ

鎌倉の谷戸の中にある静かな古寺に代々住みついている蟇は、陽が落ちて暗く人影もなくなった頃、自由に外を歩く時間を手に入れる。

老境を迎えて、今迄様々なしがらみの中で生きて来なければならなかった堅物の男が、スッと気分を変えて新たなる人生へ踏み出す姿も彷彿とさせられる。それは存外私なのかも知れない。

アンニュイと反骨

秋宵～北鎌倉駅～

先生を通徹するニヒリズムは行政・事業者・隣人…様々な場面で炸裂する。一市民としての矜持を人一倍持ちつつ、人・モノ、全てに思いやりの目を向ける生き方は皮肉にも反骨俳句を生み出す原動力になっている。

銭湯のあいさつ皆んな不景気なチンポぶら下げ
「納税申告馬鹿くせえや」鼻糞なすりつけて出す
税務署で小便をする十二月

節分や市役所で押す三文判

空缶を放る善女ら花の下

行く春に高い薬を買わさるる

初鰹年金減額知らされる

茗荷の子踏んづけてゆく測量士

半夏生人の噂は尻で聞け

蟻地獄鼻くそポイと入れてやる

薄暑なりくわえ煙草の僧追い越す

なめくじよお主いつからホームレス

馬鹿につける薬貰って熱中症

金は天下のまわらぬものよ芥子坊主

式部の実こぼしてゆきぬ宅配便

性善説などどうでもいいよなあゴキブリ

天高し原発ゼロも馬の耳

思い切り熟して自爆隣の柿

デパ地下閉店客もイエスも追い出され

熱くない火炙りの刑にされており

銀杏を食べ過ぎた日の頭かな

椋鳥の群れを仰ぎて鼻ほじる

非人称存在の俳句『誰の子かわからぬ毛虫』

誰の子かわからぬ毛虫良く食べる

毛虫は良く食べて大きく、そしてどんな姿になるのかわからないが蛾へと成長する。決して良く食べていることを微笑ましく見ているわけではないこうした景は、確かな感覚として私たちの日常の様々なところに存在している。本当に国のことを考えているのかどうかわからないがひたすら多弁な官僚、社会的弱者をことさら持ち上げつつ、自らの野心が見え隠れする政治家…。庶民の立場では、何もできない不安を抱えて食欲旺盛な彼らがどのように化けていくのかを見守るばかりである。

まさに虚実自在の句といえる。

妻の業

先生の俳句を語るとき、保子夫人の存在は不可欠である。

新婚時代から熟年期・老年期そして夫人の亡き後の今に至る時々の句には、誰もが必ず感じるであろう夫婦の情愛とほろ苦さが垣間見えてくる。

雨奇晴好～長谷寺～

少女のような妻と箱根八里はエメラルド

雪降れば雪の歌唱う妻を得て

何と云う温かさ妻が買いきし安炬燵

出産迫る妻無口となる離職以後

妻の文句は死ぬまで聞けよ油蝉

柚湯ザブンと入り妻に叱られる

蚕豆を買ってもらえぬ夕べかな

出されしははこべばかりの七草粥
草むらと寝首かる鎌研いでおり
かげろうに妻奪われて急ぐなり

新聞は眠るため妻の冬銀河

ときとして耳起きている妻の昼寝

古傷を撫でられており女正月

雪催い妻連結し耳鼻科まで

腐らせるため妻はトマトを買ってくる

俺より先に逝く奴あるか藪椿

眠りの森で保子は猫と春眠中

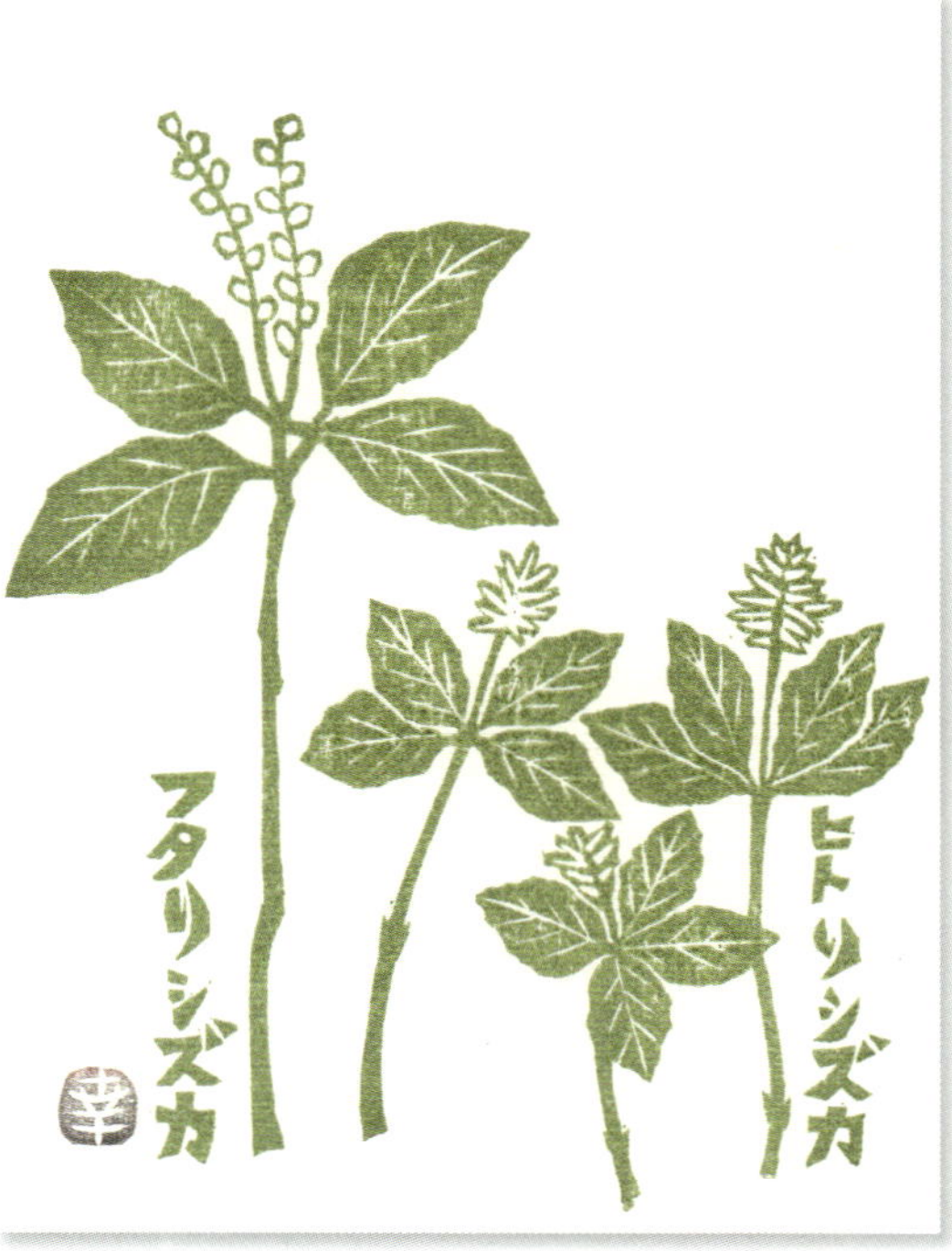

初鰹質草女房今は亡し

熱帯夜敷かれた尻を懐しむ

『俺猫だから』

靴下手袋大嫌い俺猫だから

非人称存在の俳句を極めた作者の、達観の一句といって良いだろう。

俺という一人称の主語を衒《てら》いなく使っているようだが、よくよく考えてみれば、ここでいう俺は猫なのだから、まさしく非人称のモノが主語であると言わざるを得ない。

しかし、作者の企ては決して非人称存在の俳句に向かってはいない。猫である俺は結局私という一人称に転換させる他に、別の人称にはなり得ないからである。この句は不特定の誰かのことを言っているわけではない。猫というモノを通して作者自身の個我が惜しみなくあふれ出ており、シンプルで朴訥なようでいて実は非人称存在を追求した作者ならではの味わいがある。

虚実自在の俳句であることは疑いもない。

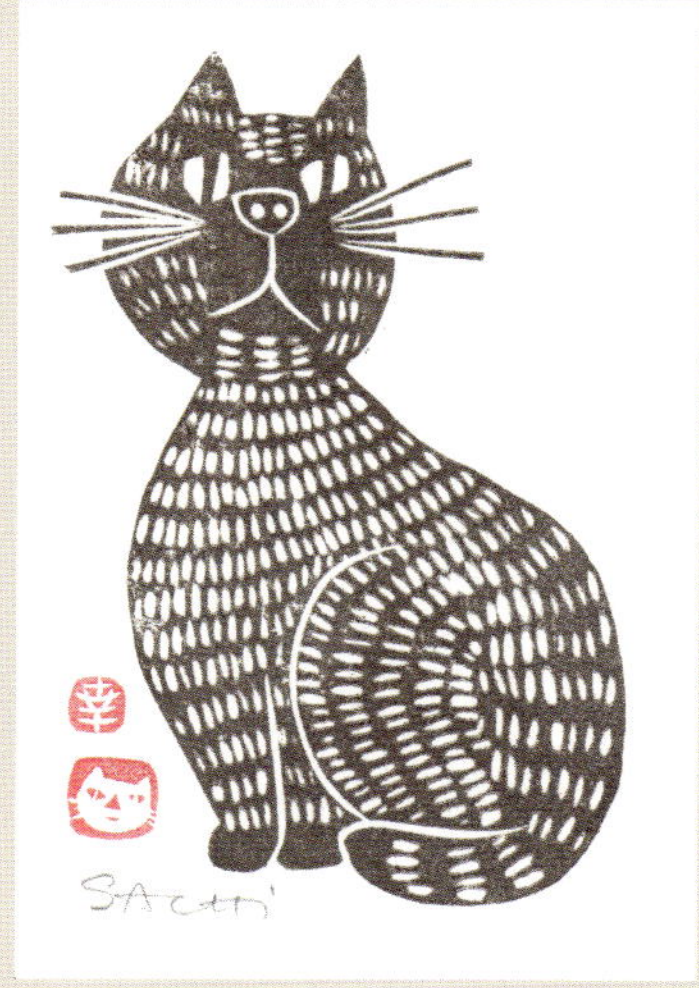

鎌倉を離れて

蒼古の道～釈迦堂口切通し～

JR八王子駅から車で10分程行くと武蔵野の木々が豊かに繁る丘陵地が広がる。そこに浄土宗大善寺がある。織物の神様白滝姫を祀る機守神社も境内に併せ持つ八王子を代表するこの寺院の庭園に、先生の句碑は静かに建っている。

◆本章写真はすべて朧 潤

我が句碑を訪ねて

ふらりふらりと年を越すなり烏瓜

前田吐実男の句碑は、八王子市・大善寺内の庭園・妙香苑に平成25年建立された。句碑には次のような解説が添えられている。

この句は、前田吐実男先生が俳句の世界に新しい見解を投げ掛けた「非人称存在の俳句」の傑作である。非人称俳句とは、主体が私でもあなたでも彼らでもない、更には人でもないもの、言い換えれば誰もが主語になり得る句である。

元々、俳句は主語省略の文学であるが、非人称存在の俳句は更に人称を普遍的に進化させたものと言える。掲句はそのまま詠めば、烏瓜が今年から来年へと枯れ果てることなく山の樹木の合間にかかっているという景になるわけだが、これを人に置き換えれば、飄飄と生きるあいつの生き様、或いは世間の酸いも甘いも分かった気になっている彼ら、そして、諸行無常を感じ、現世を生きる私ということにもなる。

自然というアニミズムの中に人生を重ねていく重層性のある世界が、投影されてくるのである。

武蔵野の広大な山野に存する大善寺からの眺めを、広い視野で詠じた句を長く後世に引き継ぐことを記してここに句碑を建立する。

平成25年11月吉日

俺が俺の句碑に焼香花の下

ニャロメとも飲めるぞ花の大善寺

巨象のような清張の墓花冷えす

のうぜんかづら清張の唇想い出す

妙香苑

大善寺は、戦国時代末期、小田原北条氏の副将北条氏照が創建した古刹である。江戸時代には徳川家康の指定で教育を行う場として浄土宗・関東十八檀林の一寺に数えられ、多くの学僧を輩出した。

墓地には、松本清張氏、赤塚不二夫氏など多くの文化人が眠っている。

機守神社（左）と大善寺本堂（右）

東北吟行

藤原三代搾取の栄華光堂

弁慶そば喰わん中尊寺台風の真只中

稲架に鴉とまりおり義経末路の衣川

わんこそば

高館から衣川の眺望

非人称存在の俳句を詠む

夕色に染まる〜材木座海岸〜

先生は、モノとしての固定的実体は全くない「空《くう》」と非人称存在の俳句とのかかわりにも言及している。空は「無」であり「有」でもある。しかも「有」でも「無」でもない。非人称存在の俳句にもこの思考は投影される。非人称存在の俳句で主観において作者とモノが入れ替わることは、有から無、無から有への転換がされているという事であり、そこには人称の固定はないのである。

春はおぼろに猫のふりして狸くる

合格祈願の絵馬裏返す春一番

あらぬところに手を入れて春道祖神

日の暮に人釣っており浦島草
船虫の団体で崖落ちてゆく
群れてないあじさいが先ず色づきぬ

暮れ六つには寺におります墓

一つだけよく廻る水子の風車

尻尾だけ返事している昼寝猫

無人踏切鼬がわたり風花す
ねずみ巣を出て師走の空を見る

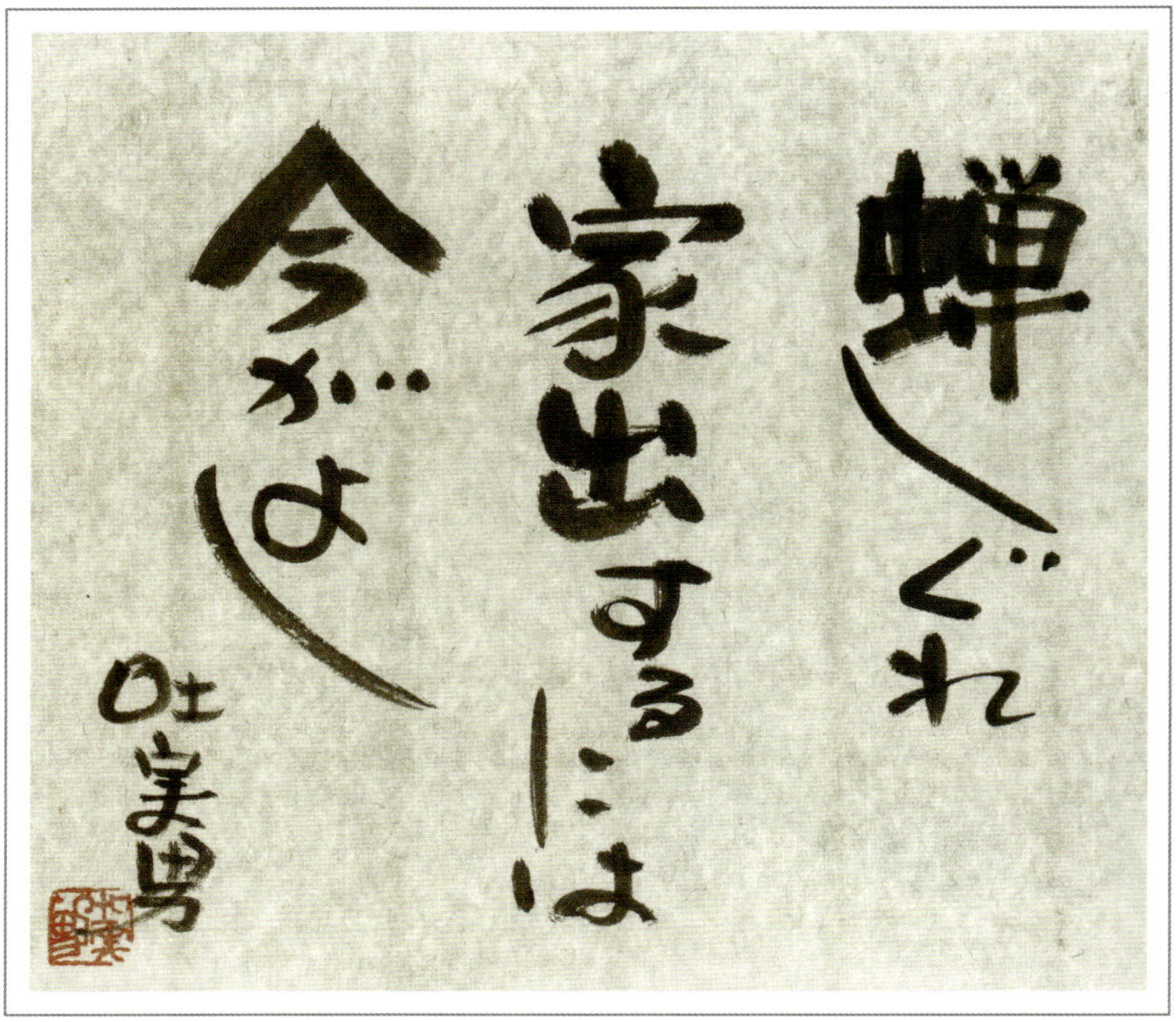

蝉しぐれ家出するには今がよし

非人称

非人称存在の俳句というものを考える

非人称存在の俳句という作句法

朧　潤

非人称存在の俳句では個我が消されている。これが作句の基本となる。

　一般的に個我とは、一人称であり自分自身ということであろう。俳句の基本という観点から考えれば、一人称省略は極めて当然の形式であるが、一人称が省略されてはいても句の中に個我が存在するのが普通である。しかし、非人称存在の俳句では個我は完全に消滅しており、主語としての人称は存在しないのである。つまり自分自身にとどまらず二人称、三人称を含めすべての人間の考えや行動が消されている。そう、非人称存在の句の主体は人に非ず、自然でありモノである。そして句の中でモノは風景や季語としての役割をするのではなく主体となる。虚ではなく実としての行動をしている。

　ところで、例えば一般的な風景の俳句では個我が消されていたとしても作者の主観は主観として存在するのだが、非人称存在の俳句では主観が作者の意識から分離する。つまり、主観の客体への移行が行なわれるのである。主観がモノに乗り移り、モノが主観を持つことになるのである。

　非人称存在の俳句は、主観をモノで表現するだけでなく、作者の主観が一句の対象（モノ）

と一体となることがポイントである。そこでは作者の主観が一人称としてモノの中でそのまま表現されるのではない。主観がモノの中でいわば独立的に作用する客体として存在するのである。それは、作者がモノであり、モノが作者になるという自在性を意味する。ありていに言えば、モノが物を考え行動するのである。

もう一つの特徴は、個我が完全に消滅しているという前提を踏まえた上で、様々な人称に置きかえて鑑賞することも出来ることである。

文字どおり主語が一人称でも二人称でも三人称としてでも十分に様になった鑑賞が出来る句なのである。実体としての人称はない句でありながら、立ち位置を変えることでこうした鑑賞が出来る事から非人称存在の俳句は虚実自在であるといえる。

非人称存在の俳句のフォルムは以上の要件を満たし完成される。そして、これらの要件を充たしている非人称存在の俳句は人間存在の本質を捉えている。非人称存在の俳句は、いずれの対象（モノ）にも人間同様の霊魂が宿っており、アニミズムの世界が構成要素として不可欠なのである。

―モノとしてとらえた主体が、実は人間である自らの主観を独立的に説明していることで、客体の主観化を実現させている―この特徴を踏まえて非人称存在の俳句を作ることで、今までになかった俳句作りの道筋が一つ出来上がるのではないだろうか。非人称存在の俳句を心掛けることで、ともすれば主観が概念としてにじみ出るきらいのある俳句の弱点を克服する可能性も見出せる。一方俳句の持つ最大の特徴は現実と架空の二つの世界が両立することである。虚に遊び実に帰るという思考である。非人称存在の俳句を追求することで、図らずもこの虚実自在の世界への豊かな探訪を実現することになるようである。

俳句に於ける
「非人称存在」についての考察

前田　吐実男

はじめに

「非人称存在」という言葉を初めて聞かされたのは、今から十数年以前。私がまだ「現代俳句年鑑」の編集を担当していたころのことである。その年鑑の巻頭座談会の一つとして、タイトルは「詩の現在そして俳句」、サブタイトルを「金子兜太、宗左近に聞く」として、平成八年二月十三日、上野の鷗外荘で両先生に対談をお願いしたときのことである。

対談の途中で金子さんが小用に立たれたとき、宗さんに「前田さん、あなたは非人称存在を信じますか」と聞かれたのである。

私も初めて聞いたものだから「非人称存在」というのは、どういうことなんだろう、と一瞬戸惑った。

俳句は非常に短い詩型だから、伝統的に一人称省略という表現手法がある。そのことをおっしゃっているのかなあと思っていたら、宗さんが「一人称省略もあります。だけどそれだけじゃないんですよねえ」と、非常に含みのある言葉をおっしゃる。話しているうちに金子さんが戻られて、対話が続けられた。その対談の中で、宗さんが「俳句には、非人称存在が出やすい」と言って、金子さんの句を何句か例句として掲げている。私も、ああそういうことなのかと、おぼろげながら、そのときは非人称存在の意味が判ったような気がしたのである。だがいい加減な理解では困ると思い、対談を終えて家に帰って調べたのだが、「非人称存在」なんて電子辞書を引いても、『広辞苑』にも『大辞林』にもない。宗さんは、フランス文学者でもあり、哲学者でもあるので、哲学用語かなと思い、『哲学辞典』を調べたが出ていない。仏教にも造詣が深い方なので、その辺も調べたが出ていない。

それから半年が経ち、何かの会合で宗さんとお会いしたとき「非人称存在をいろいろ調べたのですが、全くないのです。宗さんの造語じゃないかと思っているんですが、どうなんでしょう」とお聞きしたら、にやにや笑って、「まあ、そう思ってもらっても結構ですよ」とまたもや曖昧な返事で濁されてしまった。

どこかに原典があるのかも知れないが、私は今でも宗さんの造語ではないかと思っている。

その後、「非人称存在」の考察を私なりにまとめて、平成十七年七月三十日に「現代俳句講座」で講演をした。その記録をご覧になった宗さんが「前田さんの非人称存在に対する認識は大旨正しいと思いますが、もう少し分析してみて下さい」と、そのとき大変な命題をまた渡されてしまった。

俳句には非人称存在が出易い

俳句は非常に短い詩型だから、伝統的にも一人称省略という表現手法がある。そのために作者が意識しなくとも「非人称存在」が出易いのである。人様の句を探すのは面倒なので、僭越ながら自分の句を例句に掲げるが、

例1　**鰹四半身買っていそいそ荷風の忌**　吐実男

例句の如く一人称省略でも、一句の対象（主体）の中に作者（個我）が存在していたのでは「非人称存在」とは言わない。

例2　バラの花こじ開けているダンゴ蜂　　吐実男

ダンゴ蜂を眺めている作者は存在しているが、例句の対象の中からは個我（作者）が完全に消えている。この句は何も非人称存在を意識して作った訳ではなく、景を見ていて、あっ、ダンゴ蜂の奴、開いている花に入ればいいのに、まだよく開いていない花をこじ開けて入ろうとしている。そうか開いている花は先に誰かが蜜を吸っちゃって、もう滓しかないんだ。やっぱりバージンの花の方がいい訳か。ああ、こいつも人間と同じだ、と思って、蜂がバラの花をこじ開けてもぐり込むまで見ていて出来た句だ。「ダンゴ蜂」即ち非人称に人間存在の本質もそれなりに捉えることとなり、結果的に「非人称存在」の句となったまでのことである。

非人称存在俳句の特徴

一つは「個我」が消されていること。

俳句は個我を消せる文学だと言われているが、その個我が完全に消されているのが非人称存在俳句の第一の特徴である。

一人称省略の俳句も確かに一句の中に我・俺・私などの言葉は入っていないが、一句の対象（主体）の中に「個我」が存在していて、非人称存在の句とはそこが違うのである。**それゆえに非人称存在の句の実態は、人に非ず、どこまでも自然であり物なのである。**ここでまた問題が一つある。

では自然や物だけを対象にすれば非人称存在の句となるのか？　といえば偶然そうなることもあるが、ほとんどはそうならないのである。その理由は、たとえ対象の「実」を捉えたとしても、作者の意識が句の対象と向きあったまま存在していたのでは、そうはならないのである。そこで二つめの特徴の出番となる。

二つめの特徴は個我を消しての主観の客体化。主観（観念・想念・情念など）をモノで表現する。ということは、作句の基本でもあり誰も承知していることなのだが、肝要なのは同時に個我を消すことにある。そう推敲することによって、主観の客体化がなされるのである。「主観の客体化」とは、作者(主観)が一句の対象と一体となることである。

例句2でいえば「ダンゴ蜂（非人称）」に人間存在の本質を捉えたことにより、「ダンゴ蜂」が「人間」になり、人間がダンゴ蜂ともなり得て、そこで主観の客体化がなされる。私はこれをなおかつ**「虚実自在である」**として三つめの特徴として掲げておく。

従って、この句を比喩として、**一人称でも、二人称でも、三人称としても鑑賞が出来得るのである。これが四つめの特徴。**

一人称なら「ダンゴ蜂」は作者または読者(俺)。二人称なら彼、あいつ、君。三人称なら男全般。ということになる。

五つめの特徴は、ここで繰返し説明することもないのだが、人間存在の本質をそれなりに捉えているということである。この例句の場は「主観の客体化」の反対の「客体の主観(観念)化」とも言えるのではないか。それと、主観が先か、客体が先かのことは、作者のみぞ識ることでよいのである。

例3　**源五郎着水せしが水溜り**　　吐実男

源五郎は天気の良い日に、今住んでいる池を這い出して飛び立って行くことがある。人間もそうなのだが、今居る所で満足すればよさそうなものを、何処かいいところはないものかと飛んで行って着水したら、なんだ水溜りでしかなかった。実際に夏になると水溜りに源五郎がいるのをよく見かける。こいつ何処へ行くつもりだったんだ。理想と現実の違いに戸惑うのは人間とて同じか。さて、これからどうする。という非人称存在の例句。勿論主観は「理想と現実の矛盾」。客体は源五郎。例句2と同様源五郎が「非人称存在」として捉えられているから、源五郎(客体)が一人称二人称三人称にも鑑賞することが出来得て、前掲の非人称存在の特徴を持っている。

例4　**日の暮れには人釣っており浦島草**　吐実男

浦島草は如何にも日暮に人を釣っているようだ。それを比喩として受け取ると、浦島草の奇妙で妖し気な花は、新宿などの盛場によく佇っていて、鼻下長族を釣っている夜の花とイメージがダブッて諧謔味をもった表情になる。これも非人称存在の一句である。次に金子兜太の句を例句として数句を掲げる。

例5　**猪が来て空気を食べる春の峠**　金子兜太

ああ春になったんだなあ、という非常に気持ち良さそうな感覚。作者の（主観）が「空気を食べる」という「猪（非人称）」によって人間存在の本質をも捉えている。そのことによって個我が完全に消され、虚実自在となり、一人称、二人称、三人称にでも鑑賞することが出来る。比喩として鑑賞すれば、作者や読者、総ての人が猪にもなり得るということである。

例6　**春落日しかし日暮れを急がない**　金子兜太

春の落日は、子午線の関係でゆっくりと落ちてゆく。それを人が眺めていると、如何にも日暮れを惜しむかのように思えてくるのである。「しかし日暮れを急がない」ということで主観の客体化がなされ、「春落日（非人称）」により人生晩年の境涯（人間の本質）をも捉えて、非人称存在の句となったのである。

例7　**とりとめもなし無住寺のごきぶり**　金子兜太

無住寺というのは法事のあるときにだけ開いて、あとは誰もいない。法事が終るとさっさと供物の食物などは持ち帰る。こぼれたものも少しはあるにはあるが、それが無くなったらごきぶりの食糧もそれでおしまい。確かに人間という天敵のいない無住寺に住んでいれば引っ叩かれて殺されもしないが、身の安全と引換えに食べ物が無い。お寺と思って飛び込んだところが、無住寺だったという滑稽さがある。「とりとめもなし」という措辞によって主観の客体がなされ、「ごきぶり（非人称）」で人間存在の本質を捉えている。

例8　**冬眠の蝮のほかは寝息なし**　金子兜太

これは間違いなく先に主観ありきの句である。蝮は蛇類の中でも毒があり、向う気が強くてなんにでも嚙みついてくる。そんな人物を蝮に見立てた兜太一流の造型句である。一人称なら作者、読者でもある俺。二人称なら奴。三人称なら蝮のような奴全般。「ほかに寝息なし」で主観の客体化がなされ、「冬眠の蝮（非人称）」によって人間存在の本質を捉えた一句。

例9　**行きあたりばったり跳んで道おしえ**　松澤　昭

「道おしえ」は斑猫の別称。二センチぐらいのやけに派手な虫で、歩いてゆく人の先々を跳んで行き、あたかも道をおしえているかのようなのでその名がある。「道おしえ」を先生に見立てての心象造型の一句である。一人称なら作者。読者でもある俺、私。「行きあたりばったり」で主観の客体化がなされ、「道おしえ（非人称）」によって人間存在の本質が捉えられている。

「非人称存在」と「空」とのかかわり

「非人称存在」の俳句には、作者が「空《くう》」を認識していようと、「空」の意識が無かろうと、「空」がかかわっているのである。そのことにより「非人称存在」の主要な特徴である「個我を消し、主観の客体化」がなされるのである。

非人称存在はアニミズムでもある

例句2から9まで見れば解る通り、対象(客体)である「ダンゴ蜂」「源五郎」「浦島草」「猪」「春落日」「ごきぶり」「蝮」「道おしえ」という非人称によって、いずれも人間存在の本質を捉えている。ということは、何れの対象にも人間同様の「霊魂」があると非人称存在の句は捉えているからである。だからといってアニミズムはすべてが「非人称存在」かというと、そうではない。

前記の五つの特徴が揃っていなければ「非人称存在」の句とは言わないのである。またいくら魑魅魍魎な言葉を入れてもアニミズムとはいわない。ということも付け加えておこう。

これで「非人称存在」についての私の考察は終わるが、一句の可否優劣の判断はまた別次元である。

『俳句四季』(東京四季出版)平成24年2月号より抜粋

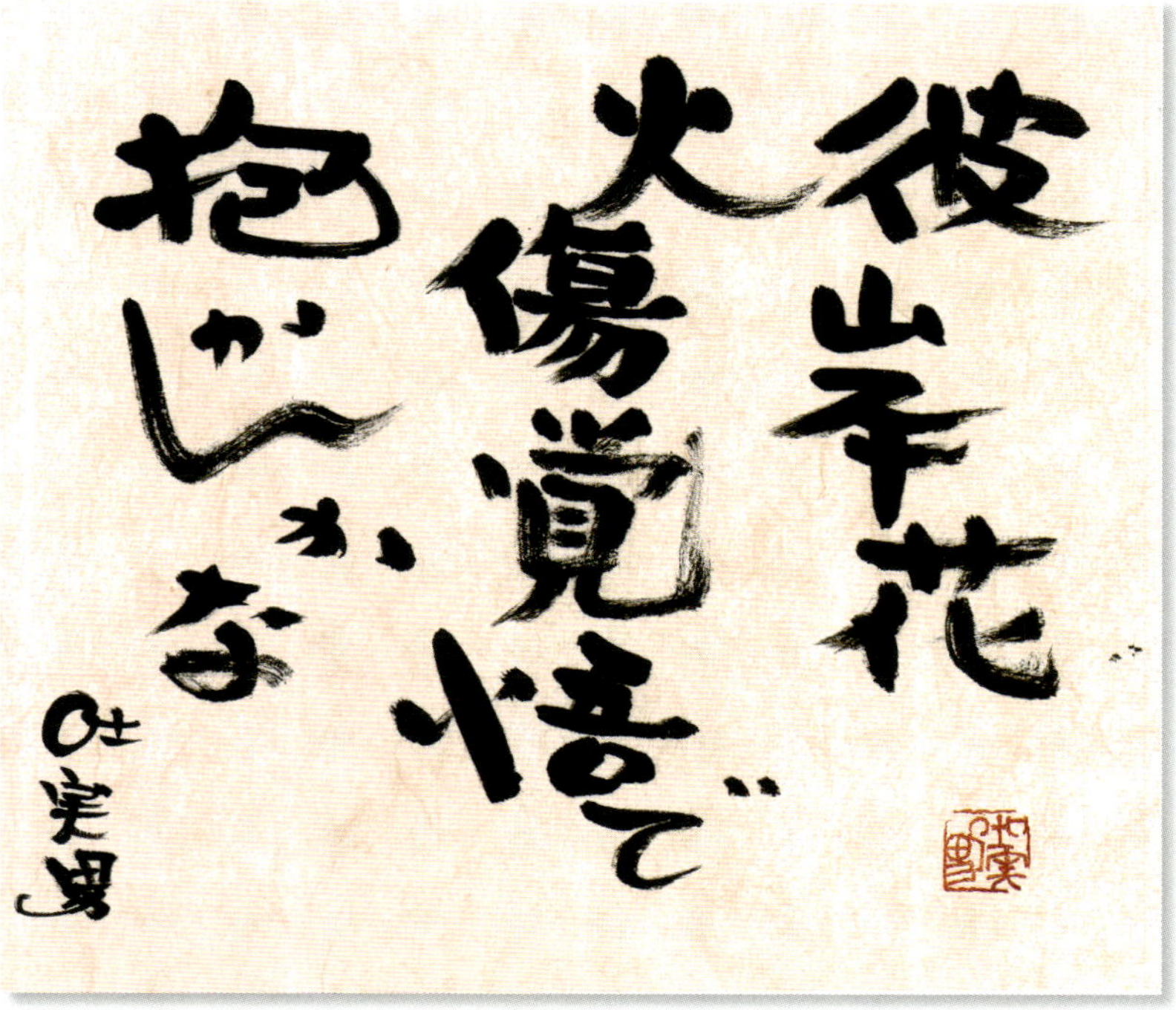

彼岸花火傷覚悟で抱かんかな

前田　吐実男（まえだ・とみお）

1925 年 新潟県水原町生まれ。
「秋刀魚」「地平」同人を経て、1981 年、俳句結社「夢」創設、主宰。現在に至る。
2000 年、第 55 回現代俳句協会賞受賞。
2013 年、第 2 回俳句四季特別賞受賞。
句集に『妻の文句』『夢』『鎌倉抄』『鎌倉是空』『ぐだぐだ是空』
合同句集に『歳華悠悠』
現代俳句協会名誉会員。神奈川県現代俳句協会顧問。
現住所：248-0007 神奈川県鎌倉市大町 5-3-4
《「夢」では新会員を募集しています Fax 0467-55-8271》

装丁／デザイン　青山 志乃〈ブルークロス〉
表紙　水彩画　矢野 元晴
各章扉　型絵染画　丸山 晶子
本文　木版画　高橋 幸子
写　真　原田　寛〈星月写真企画〉
構成／本文解説　朧　潤〈「夢」同人〉
協　力　株式会社 東京四季出版

企　画　俳句結社「夢」

俳句　俺、猫だから
鎌倉や猫寺藪蚊さるすべり

2018 年 10 月 31 日　初版第 1 刷
著　者　前田　吐実男
発行人　田中 裕子
発　行　歴史探訪社株式会社
〒 248-0007　鎌倉市大町 2-9-6
Tel. 0467-55-8270
http://www.rekishitanbou.com/
発売元　株式会社メディアパル
〒 162-0813　東京都新宿区東五軒町 6-21
Tel 03-5261-1171
印刷・製本　新灯印刷

ISBN978-4-8021-3125-4 C0092